THIS BOOK BELONGS TO

_____

_____

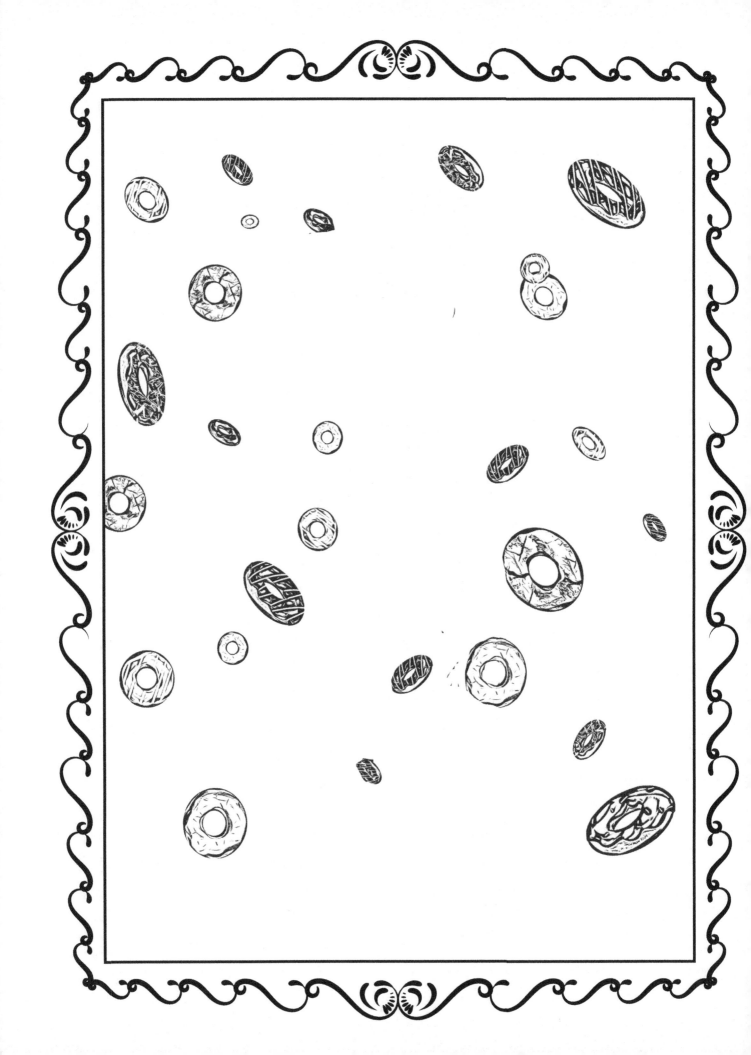

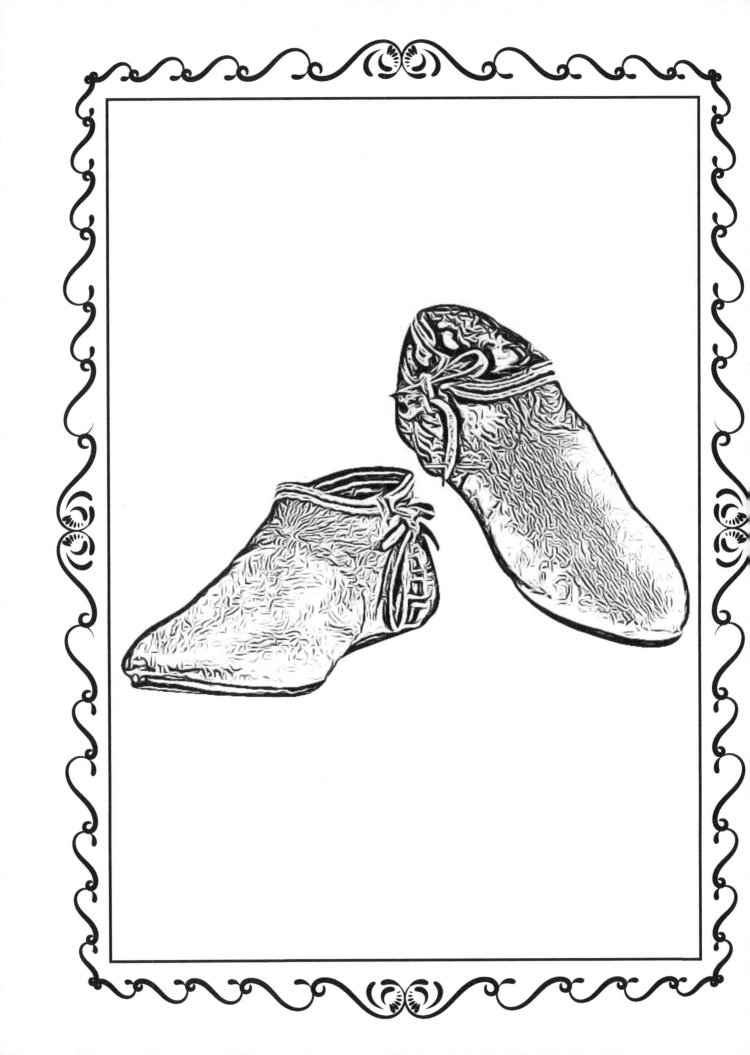

Pennymore Tic Tac Toe

Play each grid individually or for an added challenge, play double tic tac toe (you have to win each tic tac toe square to claim that X or O).

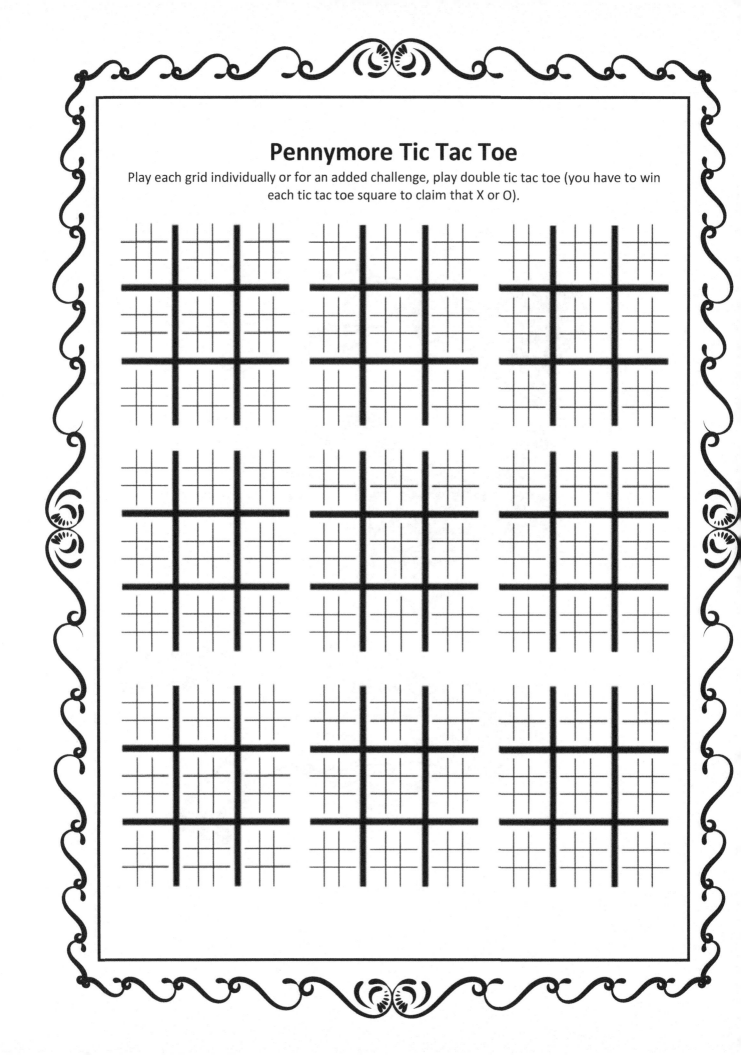

Pennymore Tic Tac Toe

Play each grid individually or for an added challenge, play double tic tac toe (you have to win each tic tac toe square to claim that X or O).

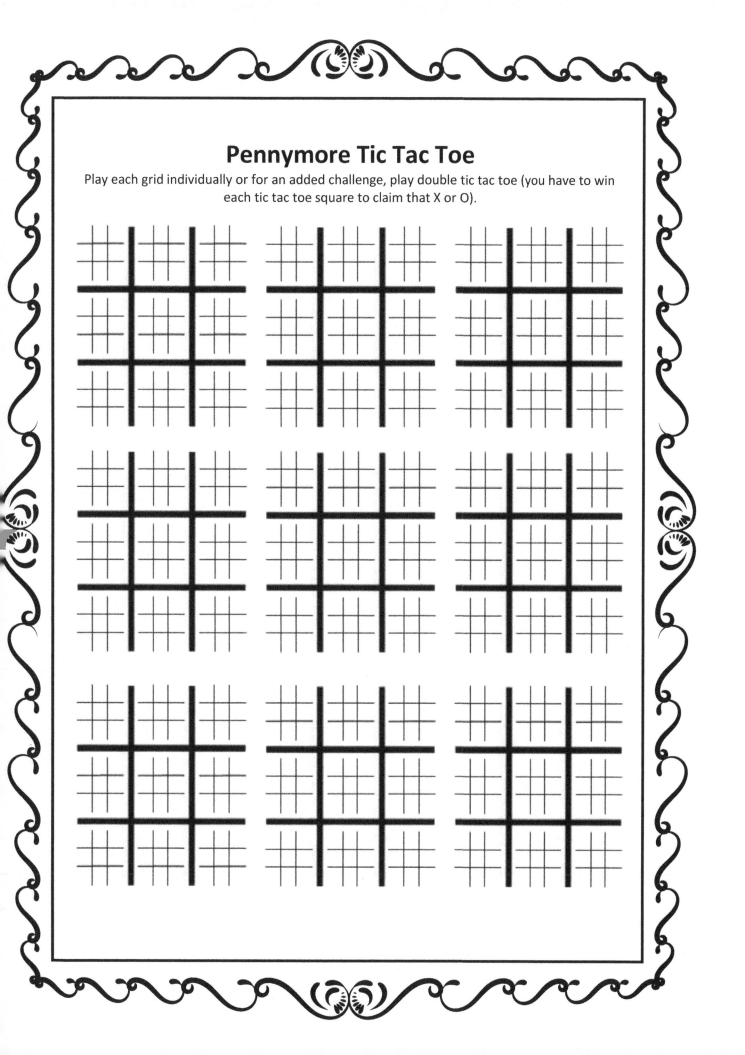

Pennymore Tic Tac Toe

Play each grid individually or for an added challenge, play double tic tac toe (you have to win each tic tac toe square to claim that X or O).

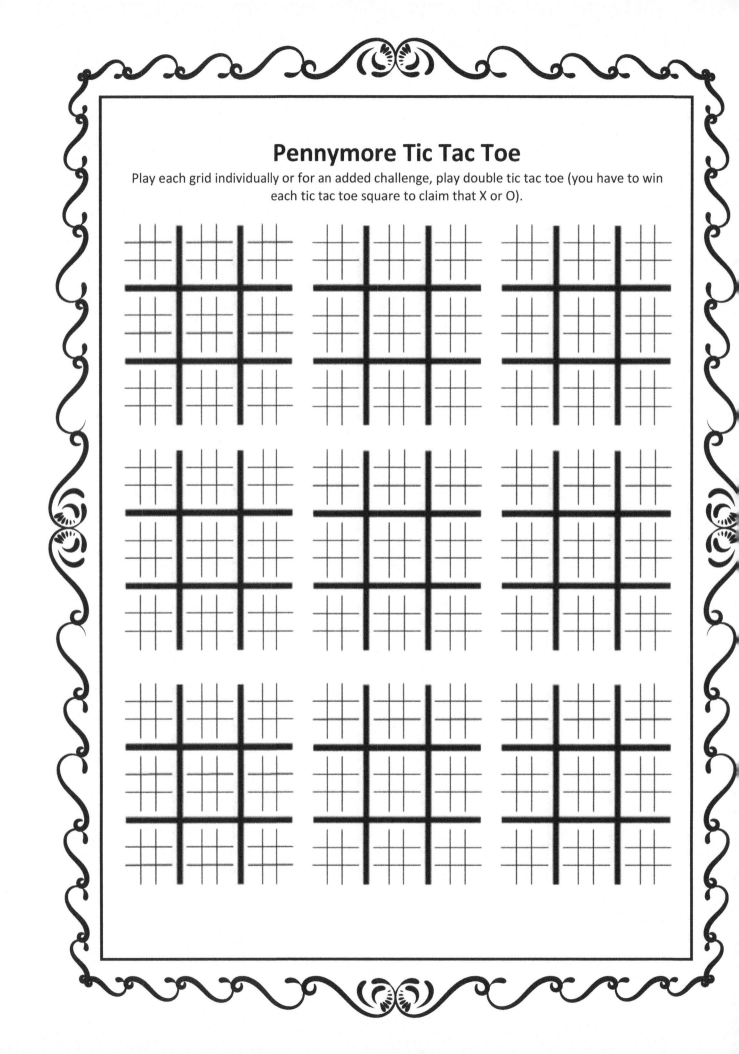

Pennymore Tic Tac Toe

Play each grid individually or for an added challenge, play double tic tac toe (you have to win each tic tac toe square to claim that X or O).

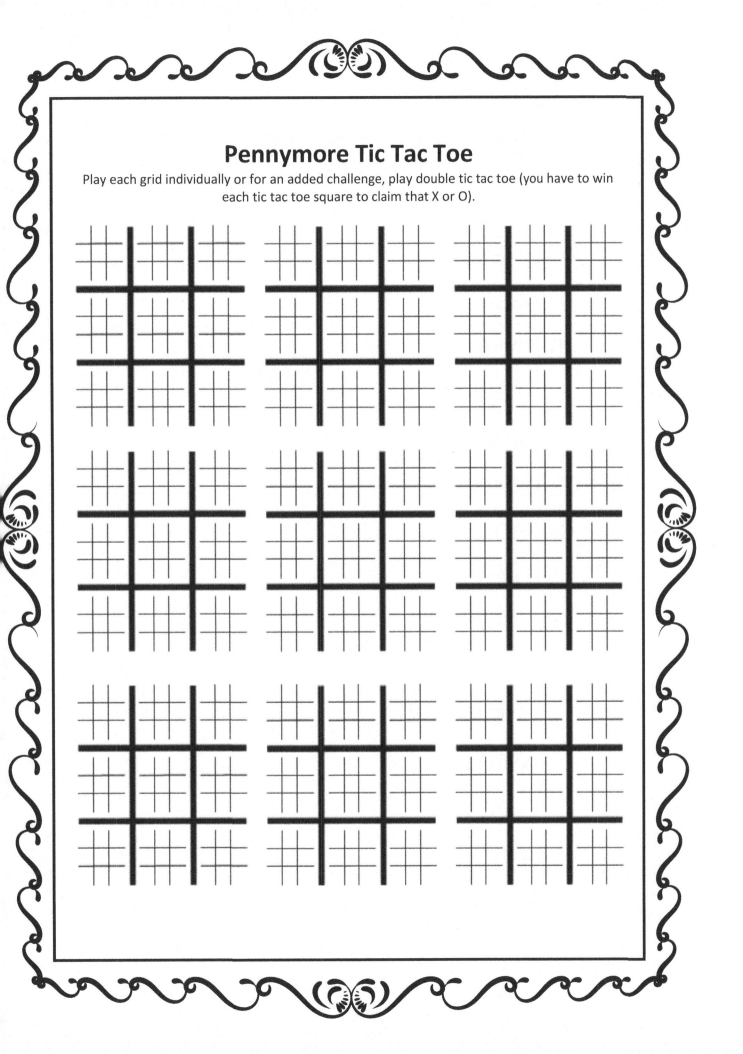

Pennymore Word Scramble

Unscramble the following list of shuffled words to meaningful words!

OPERNMYEN

NELIISBIV

RLBIYAR

LPLSEEI

DGAAMAR

GVEARSAR

GWNHOIL

VYLERE

GCIAM IETRRW

QLLUI

NAEV

DNFEO

FLOW

EBSRADHHA

The Rabbit Maze of Zuma

Heart of the Pennymores

Escape from Didot Forest Maze

Aven's Ellipse Maze

Aven's Waning Moon Maze

Avensearch

Solve the following puzzle by finding all the hidden words!

```
I A E I E D S E B A Q A N N A E E E T L E B L E U
I E T M E H N E H A C S K F E G L G Y D A M D E E
O O N V L E O A L A I U I B R A I G I O T E O G N
E O B G B B R I D E L G F S E K A L F I M C T Y M
D U I B I O R K B I O N S M T U T C V A A E D N U
N R E R S O O D L U L B N D A H H O L L N L A L A
E O W E I K D T E N A B E V O G H C L I L G G U E
S G A N V L Y R C I N N E E G T I A H V B N A D W
I D A K N A A L H N Y W R N W A U C T E A R M I N
N E D O I E A L N T O L B L H C A N I H I M A Y I
B M A I S L O I F F W R S D R M I U I W I P R R B
M B R E G O A U H O T R L U O V K F N O B R F Y Y
O O K C O E O Q H N C N B N I L M I W A F R O N R
E Y D T G A E L O D T L A L W L R G N L E H L A D
E D W N B O I N V E N T I O N W I D O U G H N U T
S N I V U T I Y R H E V E R L Y E W H A C G A A L
B E L Q E I N A S M T E E E E R O A A T R C O Y I
V G Y I O I E D B V L I E L O Y V N E A P I R V E
V E V E B L O A E L A L K M L P A R D L O E N O N
L L A R A I L D O S C E Y A E I F E D A G V R N P
L G U I O I I M U C H N U E D A P T G D O G F V I
O N E G U E V I L B N H C R R G I S A L A N D L E
B D O A A R D C L E Y V A V E N U G E V T L T R L
O Y O W B D R B P A I A A W A O U N P H N E E B O
D F T U O O E L U U C F G F D N E N B P N A A G F
```

Words List

Pennymore	Invention	Invisible	Machine
Doughnut	Library	Ellipse	Dagamar
Legend	Everly	Quill	Fonde
Magic	Book	Etch	Dark
Goat	Aven	Wolf	Howl
Beau			

Find the Fonde Landmarks

Solve the following puzzle by finding all the hidden words!

```
I Z E T I R O E E E Y K I S A A S A V A
V R U D D V A O G U E K A L A V G K A I
F I S K E O N S A N T T I N E F N E N S
E N T V N N R N H A W L S T Z S L U L G
T E G D I D O T A A D A A S P A E N E D
Y V V R L B N A S E D E S E A L W T D A
V A A A A P U A S V E O A S R V A S A E
T A S S O T L N E W K E W S E E A O A E
S A T F S W E N E L E D S A G R O E A W
A D A N M V O R N S A N M A O T E E S A
O N W E O B N R N T O O B G E A D U I A
D S S T O R S R O A E F E O A A D U I S
I N V T O N N E T N A E T Z U M A E S E
M S D O N O I L V O E S A T Z I A A L S
D L V O R T O K O E G P L F A I D L O D
B O R R H A A L L O R I E E O B S B O I
A T E G W B E O E L N L T T N E P L W O
D S E L E A N T P Z A L Y S I D N A N O
N T W D O S V D E E S E I D I E E E N O
W G S W E I R S F O O A S O K N A D L O
```

Words List

Fonde	Everly	Zuma	Ellipse
Didot	Aeonik	Sabon	Shadow
Avenir	Alverta	Wasser	Grootten
Sabaton			

Solution

Unscramble the following list of shuffled words to meaningful words!

OPERNMYEN   P E N N Y M O R E

NELIISBIV   I N V I S I B L E

RLBIYAR   L I B R A R Y

LPLSEEI   E L L I P S E

DGAAMAR   D A G A M A R

GVEARSAR   R A V A G E R S

GWNHOIL   H O W L I N G

VYLERE   E V E R L Y

GCIAM IETRRW   M A G I C   W R I T E R

QLLUI   Q U I L L

NAEV   A V E N

DNFEO   F O N D E

FLOW   W O L F

EBSRADHHA   H A B E R D A S H

Solution

Solution

Solution

Solution

Solution

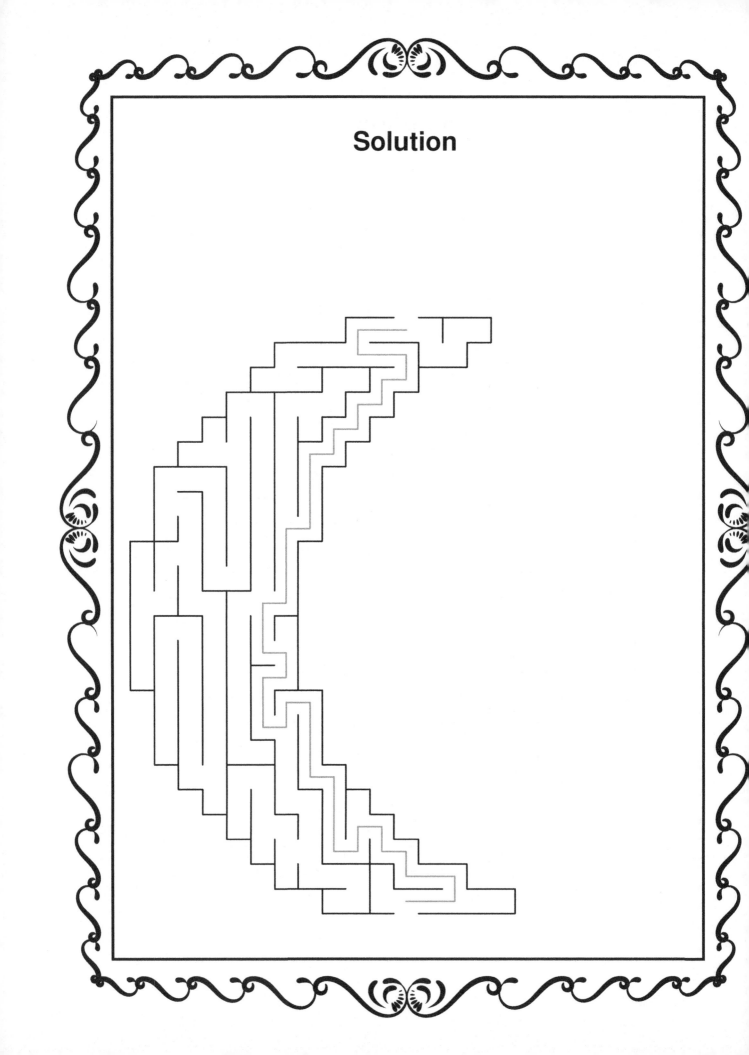

Solution

Solve the following puzzle by finding all the hidden words!

```
I A E I E D S E B A Q A N N A E E E T L E B L E U
I E T M E H N E H A C S K F E G L G Y D A M D E E
O O N V L E O A L A I U I B R A I G I O T E O G N
E O B G B B R I D E L G F S E K A L F I M C T Y M
D U I B I O R K B I O N S M T U T C V A A E D N U
N R E R S O O D L U L B N D A H H O L L N L A L A
E O W E I K D T E N A B E V O G H C L I L G G U E
S G A N V L Y R C I N N E E G T I A H V B N A D W
I D A K N A A L H N Y W R N W A U C T E A R M I N
N E D O I E A L N T O L B L H C A N I H I M A Y I
B M A I S L O I F F W R S D R M I U I W I P R R B
M B R E G O A U H O T R L U O V K F N O B R F Y Y
O O K C O E O Q H N C N B N I L M I W A F R O N R
E Y D T G A E L O D T L A L W L R G N L E H L A D
E D W N B O I N V E N T I O N W I D O U G H N U T
S N I V U T I Y R H E V E R L Y E W H A C G A A L
B E L Q E I N A S M T E E E R O A A T R C O Y I
V G Y I O I E D B V L I E L O Y V N E A P I R V E
V E V E B L O A E L A L K M L P A R D L O E N O N
L L A R A I L D O S C E Y A E I F E D A G V R N P
L G U I O I I M U C H N U E D A P T G D O G F V I
O N E G U E V I L B N H C R R G I S A L A N D L E
B D O A A R D C L E Y Y A V E N U G E V T L T R L
O Y O W B D R B P A I A A W A O U N P H N E E B O
D F T U O O E L U U C F G F D N E N B P N A A G F
```

Words List

Pennymore	Invention	Invisible	Machine
Doughnut	Library	Ellipse	Dagamar
Legend	Everly	Quill	Fonde
Magic	Book	Etch	Dark
Goat	Aven	Wolf	Howl
Beau			

Solution

Solve the following puzzle by finding all the hidden words!

```
I Z E T I R O E E E Y K I S A A S A V A
V R U D D V A O G U E K A L A V G K A I
F I S K E O N S A N T T I N E F N E N S
E N T V N N R N H A W L S T Z S L U L G
T E G D I D O T A A D A A S P A E N E D
Y V V R L B N A S E D E S E A L W T D A
V A A A A P U A S V E O A S R V A S A E
T A S S O T L N E W K E W S E E A O A E
S A T F S W E N E L E D S A G R O E A W
A D A N M V O R N S A N M A O T E E S A
O N W E O B N R N T O O B G E A D U I A
D S S T O R S R O A E F E O A A D U I S
I N V T O N N E T N A E T Z U M A E S E
M S D O N O I L V O E S A T Z I A A L S
D L V O R T O K O E G P L F A I D L O D
B O R R H A A L L O R I E E O B S B O I
A T E G W B E O E L N L T T N E P L W O
D S E L E A N T P Z A L Y S I D N A N O
N T W D O S V D E E S E I D I E E E N O
W G S W E I R S F O O A S O K N A D L O
```

Words List

Fonde	Everly	Zuma	Ellipse
Didot	Aeonik	Sabon	Shadow
Avenir	Alverta	Wasser	Grootten
Sabaton			

Made in United States
North Haven, CT
07 November 2022

26365284R00052